Samba Brasiliana

Rüdiger Schneider

Samba Brasiliana

Bekenntnis eines wilden Herzens II

Novelle

Bibliografische Information der Deutschen
Nationalbibliothek: Die Deutsche
Nationalbibliothek verzeichnet diese Publikation in
der Deutschen Nationalbibliografie; detaillierte
bibliografische Daten sind im Internet über
http://dnb.d-nb.de abrufbar.

© 2020 Rüdiger Schneider
Coverfoto: shutterstock 443252044
Foto Rückseite: Privatbesitz Flavia Costa
ISBN: 9783752611595

Herstellung und Verlag: Books on Demand ,
Norderstedt

Handlung und Personen sind frei erfunden, etwaige Ähnlichkeiten rein zufällig.

Vorbemerkung

Nun also doch: der zweite Teil von ‚Schrödingers Katze – Bekenntnis eines wilden Herzens'. Dieses Mal mit dem Titel ‚Samba Brasiliana'. Es ist die Fortsetzung der Schrödinger-Geschichte. Auch hier: Dichtung und Wahrheit. So hatte ich zum Beispiel nicht geglaubt, dass Marly es schafft, mit ihrer Cessna von Porto Alegre (Brasilien) über den Atlantik nach Europa zu fliegen. Verrücktes, liebenswertes Weib! Danke! Die vorliegende kleine Novelle ist im übrigen das Gegenstück zu der Erzählung ‚An einem regnerischen Tag' (Ende 2019), mit der eine Serie von Novellen begonnen hatte.

Bad Breisig, im Oktober 2020
Rüdiger Schneider

Brief Josef Schrödingers an den Bonner Psychiater Dr. Eugen Mondmann

Lieber Herr Dr. Mondmann, entschuldigen Sie bitte, wenn ich noch nicht in Ihrer Praxis aufgetaucht bin und mich jetzt erst nach vielen Wochen wieder melde. Sie wollen ja sicher wissen, wie die Geschichte mit meinem Dilemma, also dass ich zwei Frauen gleichzeitig liebte, weitergegangen ist. Da Sie gewiss in diesen verrückten Zeiten viele Patienten haben, rufe ich mich zur Sicherheit noch einmal in die Erinnerung. Ich bin der Josef Schrödinger, 63 Jahre alt, wohne in Koblenz, arbeite für einen namhaften Stromanbieter. Wenn Sie sich recht erinnern, hatte man mich wegen eines gravierenden Fehlers vom Physiker zum Stromableser degradiert. Ich musste immer in Koblenzer Keller steigen, um die Zähler abzulesen. Das ist Gott sei Dank vorbei. Mit Hilfe eines Anwalts habe ich erreicht, dass man mich vorzeitig in Rente schickt. Die Rente ist nicht üppig, reicht aber zu einem angenehmen Leben. Auch den Führerschein habe ich wieder-bekommen. Ich war tapfer und habe mich weitgehend des Alkohols enthalten. Wenn es Ihnen recht ist, verfahre ich mit meinem

Bericht so wie vorher bei ‚Schrödingers Katze'. Ich werde die Ereignisse in Kapitel ordnen. In Ihrer Praxis werde ich nicht erscheinen, widersetze mich jeder wissenschaftlichen Therapie, halte mich lieber an ein brasilianisches Sprichwort: „Eine krumme Gurke kann man nicht gradebiegen." Daran sind auch meine beiden Frauen, die Anja und die Kathia, gescheitert. Mein Versuch einer Dreiecksbeziehung, einer ménage à trois, ist misslungen, der Traum, mit Beiden auf einem Bauernhof zusammen zu leben, zerplatzt wie eine Seifenblase. Da hatten Sie recht, dass so etwas schiefgeht. Ich wollte wenigstens eine der Beiden behalten, aber auch das ist nicht gelungen. Jetzt sind Beide weg. Was so alles passiert ist, schreibe ich nun für Sie auf und lasse Ihnen das Konvolut mit der Post zukommen. Meinen Aufzeichnungen gebe ich dieses Mal den Titel ‚Samba Brasiliana'. Vielleicht wundern Sie sich über einen solchen Titel. Aber er erklärt sich durch das, was geschehen ist.

Mit herzlichen Grüßen
Ihr Josef Schrödinger

Antwort von Dr. Eugen Mondmann

Nur zu, lieber Freund! Schreiben Sie alles auf und schicken Sie es mir. Natürlich erinnere ich mich noch an Sie. Dass ich Sie für einen seltsamen Vogel halte, hatte ich Ihnen ja bereits mitgeteilt. Aber als Psychiater erregen Sie in einem nicht geringen Maße meine Aufmerksamkeit. Also, frisch in die Tinte und schicken Sie mir Ihren Bericht!

Mit herzlichem Gruß
Dr. Eugen Mondmann

1

Als erste hat sich die Anja von mir verabschiedet und mir meinen Wohnungsschlüssel zurückgegeben, das heißt, sie hat ihn mir auf den Tisch geknallt. Später hat sie dann die völlig überraschte Kathia aufgesucht, um mit ihr über mich zu reden. Das hat bei der klugen und souveränen Kathia zunächst keinen Schaden angerichtet. Aber irgendein vergifteter Pfeil bleibt immer. Zu einer Trennung kam es dann später.

Nun ja, Sie, lieber Herr Dr. Mondmann, wissen ja, dass ich gerne mal ein Bierchen trinke und gerne auch mal übertreibe. Aber nie in Kathias Gegenwart, die strikt gegen Alkohol ist. Wenn ich auf dem eigenen Balkon nach dem Tennisspiel noch nicht einmal ein Döschen Bier öffnen darf, ohne dass Kathia beleidigt abrauscht, ist das schon komisch. Eine etwas überzogene Rigidität. Ebenso ist das mit dem Rauch der Zigarette. Ich werde auf dem eigenen Balkon ausgesperrt, weil angeblich der Rauch ins Zimmer zieht. Lappalien, lieber Doktor. Wirklich. Das ist nicht der entscheidende Punkt. Auch nicht ihre häufige Abwesenheit, wenn sie als Dozentin für chinesische Akupunktur zu Seminaren unterwegs ist. Dagegen ist nichts zu sagen. Es ist halt ihr Beruf und es ist für mich schlicht verboten, deswegen zu meckern, auch wenn ich wie ein kleiner Junge bin, der nachts seinen Teddybär braucht. Aber wenn sie davon redet, sich ein Tinyhouse zu kaufen, in dem nur sie allein wohnen kann, ist die Zukunft ausgesperrt. Warum? Weil ich mich nach einer Frau sehne, die ständig an meiner Seite sein kann. Ein Traum? Oh, nein! Sie werden sehen.

Nach der dritten schlaflosen Nacht hintereinander bei Kathia – auch mit der Erotik stand es nicht zum Besten – bin ich um vier Uhr in der Dunkelheit von Limburg losgeradelt die Lahn entlang nach Koblenz. Ich habe an Goethe gedacht, der damals im Liebeskummer von Wetzlar aus den Fluss entlang gegangen ist, und mir gesagt: „Du schaffst das auch. Irgendwo wartet eine neue Liebe." Und siehe da: Ich entdeckte über mir am Himmel eine strahlende Venus, die als Morgenstern heraufgezogen war. So war ich ein wenig getröstet, aber doch noch voller

Verzweiflung, weil ich Kathia immer noch liebte. In Koblenz angekommen, war ich in der Versuchung, eine Flasche Portwein zu öffnen und dann gewiss noch eine. Aber ich habe an diesem Morgen Kaffee gemacht, ein paar Zigaretten auf meinem Balkon geraucht und überlegt: „Was machst du nun, alter Junge? Mit deiner Jahreszahl im Rücken findet sich so leicht nichts mehr. Und wenn alle Frauen so verrückt sind, einen umerziehen zu wollen, dann erst recht nicht." Ich schwankte hin und her. Weiter Kaffee oder Portwein, um erst einmal alles zu vergessen? Was sollte die Oberhand behalten? Das Apollinische oder der dionysische Rausch? So ging dieser Kampf bis um zwei Uhr mittags. Dann kam der Anruf. Dann geschah jenes Wunder, das mich immer noch staunen macht. Um das zu erklären, muss ich fünf Jahre in die Vergangenheit zurückgehen, also in die Zeit, in der ich 58 war.

2

Es war im Juli 2015. Ich hatte vier Wochen Urlaub und bin nach Lissabon geflogen, um auf dem Camino Portugues nach Santiago de Compostela zu laufen. Ich bin von Düsseldorf nach Lissabon geflogen, mit TAP, einer portugiesischen Linie. Ich war etwas verspätet beim Check-In. Die Touristenklasse war überbucht, und da hat man mich in die erste Klasse geschickt. Da war ich der einzige Passagier. Es war schön. Ich hatte eine Stewardess für mich alleine, ließ es mir bei einem portugiesischen Wein gutgehen. Wir flogen gerade entlang der spanischen Küste, da öffnete sich die Tür des Cockpits. Die Pilotin der Maschine kam, um einen Kaffee zu trinken. Ich las das Namensschild an ihrer Uniformjacke. ,Comandante Marly da Costa'. Mit der Tasse in der Hand kam sie auch zu mir, fragte auf Deutsch, ob alles in Ordnung sei. Ich nickte, sagte dann: „Ja, alles okay. Ein schöner, ruhiger Flug." Ich sah in freundliche, sehr warmherzige, rehbraune Augen.

„Wenn Sie wollen", meinte sie, können Sie den Flug auch für eine Weile im Cockpit erleben. Das machen wir manchmal so."

Sie können sich vorstellen, lieber Herr Dr. Mondmann, wie überrascht ich war.

Ich habe nicht „Nein" gesagt, bin ihr ins Cockpit gefolgt. Hier durfte ich mich hinter sie und den Copiloten setzen und den Flug aus einer anderen Perspektive sehen. Wie schön der blaue Himmel und der Horizont, auf den die Maschine erobernd zusteuert! Und darunter das in der Sonne glänzende Meer. Ich war ganz ruhig, andächtig, bis die Comandante von sich aus ein Gespräch anfing.

„Mein letzter Flug", sagte sie. „Sie sind also mein letzter Passagier in der ersten Klasse."

„Sie fliegen nicht mehr?" fragte ich etwas unbeholfen zurück. Ich schätzte sie nicht älter als fünfzig.

Sie schüttelte den Kopf. „Nein, nicht mehr."

Sie erklärte nichts. Und so dachte ich: „Das sind eben die Regeln bei TAP. Mit Fünfzig ist man raus aus dem Geschäft. Flugkapitäne dürfen nicht älter sein. Ich hatte keine Ahnung.

Eine halbe Stunde war ich im Cockpit. Seltsamerweise ein wenig eingeschüchtert. Ich beantwortete nur Fragen, die sie mir stellte. Was ich in Lissabon machen würde? Ich habe ihr vom Camino Portugues erzählt. Vom Jakobsweg, den ich mit Rucksack und einem Zelt gehen wollte. Ein paar hundert Kilometer. Na und! Da hat sie mich angelächelt und nur gesagt: „Schön! Wie lange bleiben Sie in Lissabon?"

Ich war etwas erstaunt über die Frage. Warum? Ich weiß es nicht. Es muss irgendeine Ahnung gewesen sein, dass ich meinen ursprünglichen Plan sofort loszugehen, über den Haufen warf und antwortete: „Drei Tage."

„Ich auch", sagte sie. „Dann fliege ich zurück nach Porto Alegre, Brasilien, als Passagierin. Wenn Sie wollen, kommen Sie ins Lisboa Aeroporto Hotel. Erzählen Sie mir mehr von dem Weg. Ich kenne ihn bisher nur aus einem Buch von Paulo Coelho."

Ich hatte kein Hotel in Lissabon gebucht. Aber nach der Landung habe ich mir ein Zimmer im Lisboa Aeroporto genommen. Nein, lieber Herr Dr. Mondmann, es ist nichts passiert. Wir haben abends nur an der Bar gesessen und geredet. Und einmal an einem Nachmittag auch am Tejo bei einer Tasse Kaffee. Marly da Costa hatte in Brasilien einen deutschen Mann, den sie liebte und um den sie sich jetzt, weil er nach einem Unfall im

Rollstuhl saß, kümmern wollte. Deshalb hatte sie ihren Beruf aufgegeben. Sie spricht übrigens vier Sprachen perfekt. Portugiesisch, das ja in Brasilien gesprochen wird. Und dann Spanisch, Englisch und Deutsch. Ihr Mann hat als Ingenieur gearbeitet. In Deutschland, den Niederlanden, Spanien, Brasilien, den USA, Venezuela und Kolumbien. Überall dort hat sie jeweils auch für ein paar Jahre gewohnt. Sie wird übrigens das Fliegen nicht ganz aufgeben. Privat hat sie eine Piper-Supercup, die sie aber gegen eine schnellere Maschine tauschen wird. Sie hat mir Fotos gezeigt von ihrem Anwesen in Porto Alegre, in Südbrasilien, dort im Länderdreieck von Brasilien, Uruguay und Argentinien.

Sie werden erstaunt sein über diese Begegnung. Aber was da wirklich passiert ist, werde ich in einem späteren Kapitel erklären. Auf jeden Fall aber waren wir in Lissabon gerne zusammen, haben viel erzählt, auch gelacht. Es war sehr angenehm. Sonst war da nichts und konnte auch nichts sein. Aber wir haben Telefonnummern und Adressen ausge-tauscht. Das war alles. Ich bin danach den Camino Portugues gegangen, auch in

Santiago angekommen. Unterwegs habe ich immer an Marly da Costa denken müssen. An ihr Lachen, ihre Warmherzigkeit. Eine platonische, hoffnungslose Liebe, dachte ich. Sie werden verzeihen, wenn ich diese Begegnung etwas unbeholfen erzähle. In diesen drei Tagen in Lissabon habe ich es einfach genossen, mit einer Frau, die übrigens auch sehr schön ist, zu reden, zusammen zu sein. Es war eine ganz entspannte, sympathische Atmosphäre. Vor allem der Nachmittag in der Sonne am Tejo. Und schön waren auch die Abende an der Hotelbar. Ich bin Physiker und kein Schriftsteller, aber ich werde mich bemühen, das Atmosphärische zwischen ihr und mir später zu beschreiben. Sie können sich nun denken, wer mich an jenem Tag, an dem ich um vier Uhr morgens von Kathia aufgebrochen bin, angerufen hat. Richtig. Es war Marly da Costa.

3

Wissen Sie, verehrter Dr. Mondmann, wenn ich Ihnen vor ein paar Monaten meine Aufzeichnungen mit dem Titel ‚Schrödingers Katze' geschickt habe, dann war das gar kein Problem, kein Paradoxon aus der Quantenmechanik. Ich habe es selbst noch nicht gewusst, gedacht, wie seltsam: Bin ich bei Anja, sehne ich mich nach Kathia. Bin ich bei Kathia, ist Anja anwesend, obwohl ich sie nicht sehe. Nein, nein, die Katze war Marly da Costa. Die Tage mit ihr in Lissabon müssen in meinem Unterbewusstsein gewesen sein, vor allem jener Moment am Tejo, als sie mir lächelnd in die Augen gesehen hat. Sie hat nichts gesagt, aber irgendwie war es ein magischer Moment, den ich nicht vergessen konnte. Heute weiß ich, was sie gedacht hat: „Ich liebe dich, aber ich muss zurück nach Porto Alegre." Diesen Satz, den ich damals nicht hörte, habe ich mit auf den Camino genommen. Man kann auch das Unausgesprochene erahnen. Es sitzt tief in einem drin, auch wenn man es mit dem hellen Tagesbewusstsein nicht weiß. Das ist wie etwas Verstecktes hinter einer Theaterbühne. Man sieht es als Zuschauer eines Schauspiels nicht, aber es ist da. Marly da Costa war immer anwesend, obgleich ich es nicht wusste. Wie gesagt, sie eigentlich war die Katze.

Aber glauben Sie bitte nicht, dass ich Anja und Kathia nicht geliebt habe. Oh, ja! Sehr. Doch da war irgendetwas Sperriges in mir. Eine große Sehnsucht, die ich mir nicht erklären konnte. Es war die unbewusste Erinnerung an Lissabon. Wenn ich mit Anja diese seltsamen Phasen hatte, in denen sie sich in - ich drücke mich jetzt gelehrt aus – in kommunikativer Bockigkeit zurückzog und weiß der Himmel, was sie in dieser Zeit angestellt hat, wenn diese Phasen da waren, muss ich gespürt haben: Marly hätte das nie gemacht. Und wenn Kathia beim Frühstück meinte: „Mein Meister hat gesagt…" bekam ich schlechte Laune, weil in mir die brasilianische Indianerin anwesend war. Wenn eine Frau einen spirituellen Meister hat, dann haben Sie als Mann keine Chance mehr. Vor allem, wenn Sie dauernd Fotos von ihm in der Wohnung sehen. Dann sind Sie bestenfalls die Nummer Zwei.

Marly da Costa ist tatsächlich eine Indianerin vom Amazonas. Sie muss, mir damals noch unbewusst, rebellierend da gewesen sein. Stellen Sie sich den Begriff ‚Indianerin' bitte nicht als etwas Primitives vor. Eine Indianerin vom Amazonas hat eine tief verwurzelte Weiblichkeit, wie man sie selten noch antrifft. Instinkt und Klugheit kommen hinzu. Wie sonst hätte sie Pilotin werden können!

Ich hatte Ihnen ja damals geschrieben, dass ich mir in der Beziehung Mann-Frau eine lächelnde Harmonie wünsche, kein angestrengtes Arbeitsverhalten, keinen Kampf, keinen Krampf. Man muss sich gegenseitig so lieben, wie man ist. Dann funktioniert das.

Aber entschuldigen Sie bitte. Ich schweife ab. Sie wollen ja wissen, wie das mit dem Anruf war, der so unerwartet kam. Unerwartet und genau zur rechten Zeit. So als verfüge die Indianerin über einen unerklärbaren Instinkt. Brasilien liegt zeitlich fünf Stunden zurück. An jenem Tag, als ich eigentlich noch in der Nacht Kathia verlassen habe, kam der Anruf gegen Mittag um Zwei.

4

Marly hat mich in Lissabon nie ‚Josef' genannt. Sie hat es abgekürzt zu ‚Jo'. Ihre Stimme ist weich, sanft, mit einem Lächeln darin und, wenn sie Deutsch spricht, mit einem zauberhaften Akzent. Als der Anruf kam, habe ich sofort gewusst, dass sie es war.

„Jo?"

„Marly?"

„Ja. Wie geht es dir?"

Ich zögerte mit einer Antwort. Was sollte ich sagen? Eben noch voller Zweifel. Ich haderte mit meinem nächtlichen Aufbruch. Und da war auch Wut, weil es Kathia anscheinend völlig egal war, dass ich die dritte Nacht hintereinander schlaflos in ihrem Wohnzimmer saß. Kommt eine Frau nicht wenigstens einmal und fragt: „Was ist los?" Kathia hat das nicht gemacht. Bei Marly wäre das unmöglich.

„Oh, gut!" antwortete ich. „Jetzt, wo ich deine Stimme höre."

Sie lachte. „Schön. Ich habe oft an dich gedacht. An Lissabon. Jo, es ist viel passiert. Ich bin alleine."

„Jürgen?"

„Er ist vor einem Jahr gestorben."

Ich habe nichts gesagt. Nicht gesagt: „Das tut mir leid." Obwohl es mir in gewisser Weise leid tat. Sie hatte mir in Lissabon ein Foto gezeigt, auf dem sie hinter ihm steht, die Arme um seine

21

Schulter gelegt. Er sitzt im Rollstuhl. Ihr Blick in die Kamera ist anrührend zugewandt, voller Liebe und Zärtlichkeit. Deshalb war es für mich in den Nächten im Hotel unmöglich, den leisesten Versuch einer Annäherung zu wagen. Es ging nicht.

„Wo bist du?" fragte ich.

„In Brasilien, in Porto Alegre."

„Und jetzt? Was hast du vor?"

„Zunächst muss ich nach Miami, mich um unser Haus dort kümmern. Ich fliege selbst. Nicht mehr mit der Piper. Ich habe jetzt eine Cessna 400. Die ist doppelt so schnell."

„Das heißt?"

„Über 400 Kilometer pro Stunde. Die Reichweite ist auch viel größer."

Eine kleine Pause entstand. Ich dachte, nein, das kann nicht sein. Das macht sie nie. Das ist absurd. Und dann sagte sie es doch.

„Jo, wenn du einverstanden bist, würde ich dich gerne besuchen."

„Ja, ja, gerne. Aber kommst du mit der Maschine über den Atlantik?"

„Ja. Es ist ein Umweg. Miami, New York, Neufundland, Grönland, Island, Schottland. Ich habe die Route schon berechnet. Ich werde in Amsterdam landen. Bei euch Deutschen bin ich mir nicht sicher, ob ihr mich wegen Corona in Quarantäne steckt. Ich komme ja aus Brasilien. Die Holländer sind liberaler. Offiziell reise ich dann von den Niederlanden ein. Von Amsterdam aus geht es weiter zum Aeroclub Mönchengladbach, wo ich wegen meiner Zeit in Deutschland immer noch Mitglied bin."

„Du bist verrückt", sagte ich. „Machst du das wirklich?"

„Traust du mir das nicht zu?"

„Doch. Wie lange brauchst du?"

„Eine Woche. Es hängt auch vom Wetter ab. Wir können telefonieren. Morgen fliege ich zunächst einmal über die Karibik nach Miami, Florida. Zwischenlandungen Sao Paulo, Caracas, Dominikanische Republik."

„Ola!" sagte ich. „Du bist ja drauf!"

„Ja. Uffa! Kennst du ja."

‚Uffa' war portugiesich, entsprach dem spanischen ‚Ola' oder dem englischen ‚Wow!' Sie hatte das in Lissabon öfter gesagt.

Lieber Herr Dr. Mondmann, Sie können sich meine Verblüffung vorstellen. Nach dem Gespräch habe ich es zunächst immer noch nicht glauben können. Kommt sie wirklich? Habe ich das geträumt? Nein. Die Flasche Portwein war ja noch zu. Die bleibt auch zu. „Du musst jetzt hellwach bleiben, Junge!" sagte ich mir. Kein Freudentrunk! Und dann fiel mir ein: Sie hat dich ja gar nicht gefragt, ob ich auch alleine bin oder eine Freundin habe. Nun ja, warum sollte sie? Zunächst ging es ja nur um einen Besuch. Aber mit einer so weiten und abenteuerlichen Strecke? Vielleicht hat sie in Deutschland ja auch noch etwas zu erledigen. Immerhin hatte sie mit ihrem Mann ein paar Jahre in Mönchengladbach gewohnt und hat dort immer noch eine Wohnung.

Das also war der Anruf jenes Tages. Und Kathia? fragte ich mich. Was passiert jetzt?

5

Und Kathia? Ja, und Kathia? Mein Gott, dachte ich, du steuerst ja wieder auf das alte Dilemma zu. Die eine wohnt in Limburg, die andere ist jetzt auf dem Flug nach Europa. Trotz aller Probleme liebte ich Kathia immer noch. Aber ich musste abwarten. Zum Glück war Kathia am folgenden Wochenende als Dozentin zu einem Vortrag in Berlin. Meinen nächtlichen Aufbruch ohne Worte und ohne eine schriftliche Nachricht zu hinterlassen, hatte sie mir verziehen. Sie rief jeden Abend an, war lieb und freundlich am Telefon. Ahnte sie etwas? Frauen haben einen Instinkt für solche Gefahren. Am Freitagabend rief Marly an, kurz nachdem Kathia mit mir gesprochen hatte. Sie war in Miami gelandet. Dort war es gerade früher Nachmittag. Florida lag sechs Zeitstunden zurück.

„Jo, ich freue mich, dich wiederzusehen."

„Ach, Marly, ich mich auch."

Am Sonntagmorgen, nach einem Nachtflug, war sie an der Nordküste Nordamerikas, in Neufundland, auf dem International Airport St. John's gelandet.

„Uffa!" dachte ich. „Was für ein Weib! Diese Indianerin fliegt auch nachts."

Am Sonntagabend kam Kathia zurück.

„Holst du mich am Bahnhof in Koblenz ab?"

„Ich kann nicht. Sommerfest im Tennisverein." Ausrede. Lüge. Karma.

Am Montag drängte sie. „Komm endlich!" Das war der Spruch auf meinem Anrufbeantworter. Ich habe mich nicht gemeldet.

Am Dienstag kam ihre Mail. „Ich möchte dich zu einem angemessenen Abschied einladen." ‚Angemessener Abschied'. Genau so hatte sie es formuliert. Ich schrieb zurück: „Angemessener Abschied? Du glaubst doch selbst nicht, dass ich zu so etwas komme. Ich verunglücke unterwegs."

Danach kam eine seltsame Reihe von Emoticons. Totenköpfe dabei. Seltsame Figuren.

„Was soll ich mit dieser Botschaft?" schrieb ich.

„Fürchte dich!" war die Antwort.

„Wovor soll ich mich fürchten?" schrieb ich zurück. „Ich bin in Porto Alegre, Brasilien."

Das stimmte nicht. Aber irgendwie stimmte es doch. Porto Alegre war unterwegs zu mir. Marly war in Island gelandet.

Am Freitagmittag klingelte es bei mir. Marly kam die Treppe hoch, unter dem Arm eine Flasche Sekt.

Fast hätte ich geheult. Ich habe sie in den Arm genommen und nur gesagt:

„Ach, wie schön!"

Am Samstagmittag tanzte ich in wunderbarer Laune mit Marly auf meinem Balkon. Zu Madonnas Song ‚La Isla Bonita'. Danach dann zu ‚Beautiful Madness'. Ich habe nicht bemerkt, dass Kathia gekommen war und mir meinen Wohnungsschlüssel in den Briefkasten geworfen hat. Zusammen mit einem Brief, den ich zunächst ungeöffnet ließ. Ich habe nur noch eine Email bekommen: „Ich habe alles gesehen."

Es hat mir das Herz schwer gemacht. Aber ich hatte mich für Marly entschieden. Es ging nicht anders. Eine solche Zugewandtheit hatte ich noch nie erlebt. Dass man die ganze Nacht zusammen Arm in Arm schläft.

Ach ja, lieber Herr Dr. Mondmann, irgendwann, als Marly noch unterwegs war, hatte ich an Kathia geschrieben: „Ich möchte tanzen, tanzen, tanzen, lieben!" Das klingt nach Titanic, meinte sie. „Nein, nein", hatte ich geantwortet. „Das ist Samba!"

6

Ach, Herr Dr. Mondmann, wie schön ist es, wenn eine Frau, die man liebt, mit einer Flasche Sekt die Treppe hochkommt! Warum hat Kathia das nie gemacht? Alles wäre so einfach gewesen. Diese dumme Rigidität! Kathia hat immer gemeint, der Alkohol sei stärker als die Liebe. So ein Unsinn! Kathia muss wohl schlechte Erfahrungen gemacht haben. Mit mir hätte sie die nicht gemacht. Es ist einfach herrlich, in der Sommerwärme, an einem Abend, mit der geliebten Frau auf dem Balkon zu sitzen und eine Flasche Sekt zu trinken. Marly, die nicht raucht, macht auch kein Theater. Ich kann sie küssen, wenn ich die Zigarette noch in der Hand habe. Weiß der Kuckuck, was sie am Amazonas für ein Kraut rauchen! Es macht ihr nichts. Sie hat da nicht diese Hypersensibilität wie Kathia. Das tut gut. Ich war noch nie so fröhlich wie an den Abenden mit Marly. Es lässt mich aufatmen. Ja, ja, ich weiß, Nikotin ist ungesund. Aber der Gesundheitsfimmel ist schlimmer. Mit Corona leben wir in einer Gesundheits- und Sicherheits- diktatur. Das sieht Marly genau so. Stellen

Sie sich vor, sie hätte sich von Sicherheitsbedenken leiten lassen. Sie wäre nie über Neufundland, Grönland, Island mit ihrer Cessna zu mir geflogen. Sie hat es einfach gemacht, weil ihre Sehnsucht stärker war. Je länger diese Indianerin bei mir ist, desto mehr liebe ich sie. Manchmal denke ich an die erste Begegnung. Comandante Marly da Costa. Wie sie aus dem Cockpit kam, um in der ersten Klasse eine Tasse Kaffee zu trinken. Ihr Blick zu dem einzigen Passagier dort. Sie hat da schon alles gewusst.

Ich weiß nicht, ob ich mit Kathia ein Abschiedsgespräch führen werde. Sie hat mir geschrieben: „Ich werde mit dir nur noch von Angesicht zu Angesicht sprechen." Was für ein Gespräch wird das sein? Verständnis, Liebe, Rache? Ich weiß es nicht. Da ich mich fürchten soll, gehe ich dem lieber aus dem Weg. Könnte ja sein, dass wir uns küssen und sie beißt mir die Zunge ab. Andererseits ist es mir ein Bedürfnis, Kathia in den Arm zu nehmen. Ich habe immer noch Gefühle für sie. Nach wie vor. Aber Marly steht absolut unter meinem Schutz. Ich würde nichts tun, was sie verletzt. Ich bin froh, die lächelnde Harmonie gefunden zu haben. Habe ich das verdient? Nein. Aber Sie kennen ja das Gleichnis vom Weingarten. Auch wer zu spät kommt, wird reichlich belohnt.

Ach ja, lieber Herr Dr. Mondmann, diese brasilianische Indianerin ist so anders als das, was ich bisher erlebt habe. Ich muss immer lächeln, wenn ich an sie denke. Und dann wächst eine noch unbekannte Stärke mir zu. Das ist ein wunderbares Gefühl. Es lässt Wärme aufsteigen. Oh, ja. Ich komme mir vor wie Odysseus, der nach jahrelanger Irrfahrt endlich zu Hause angekommen ist. Marly da Costa lasse ich niemals mehr los. Sie mich auch nicht. Da passt kein Blatt Papier mehr zwischen uns.

Sie hatten mir ja geschrieben, dass Sie die Gemütlichkeit und die Langeweile bedroht. Sie fühlen sich gelangweilt in Ihrer Ehe, haben Angst, den sicheren Hafen zu verlassen. Sie erwarteten von mir Tipps. Na, so was! Kann ich Ihnen Tipps geben? Nein. Was ich mache und gemacht habe, ist einfach mein eigener Weg. Ich werde auch das Verhältnis Psychiater und Patient niemals umkehren. Ich werde Sie nicht beraten, wenn Sie sich nach dem weiblichen Element sehnen. Machen Sie das bitte selbst. Von Ihrer Ausbildung her sind Sie doch klug genug. Verzeihen Sie! Ich will Sie nicht beleidigen. Ich will nur sagen: Ich habe bereits die beste Therapeutin der Welt. Eine brasilianische Indianerin.

7

Ach ja, mein lieber Herr Dr. Mondmann. Sie wollen als Psychiater sicher auch wissen, wie das mit dem Sex ist. Ist ja nicht unwichtig. Das ist Zärtlichkeit, Umarmung, Leidenschaft. Dazu ein kleines, nein, ein großes Erlebnis. Marly hat mich zu einem Rundflug mit ihrer Cessna eingeladen. Ich hatte vergessen zu erwähnen, dass sie sich in Mönchengladbach ein Auto gemietet hatte, um zu mir zu kommen. Einen Mercedes Kompressor. Wenn die Autobahn frei ist, fährt sie den auch mit 200 km/h. Eigentlich könnte der noch mehr. Aber dann würde es atemberaubend. Als Beifahrer sage ich: „Ein bisschen langsamer bitte!" Sie sehen, ich bin ab und zu auch ein ängstlicher Deutscher. Die Indianerin lacht dann. Wir sind beim Aeroclub Mönchengladbach, wo ihre

Maschine steht, gut angekommen. Nichts passiert. Olala. Dann geht es in die Luft. Von Aeronautik habe ich keine Ahnung. Aber Marly erklärt mir, dass die Cessna im Gegensatz zur Piper unterflüglig ist. Das heißt, die Flügel befinden sich nicht oberhalb des Cockpits, sondern unterhalb. Das beschleunigt.

Mein Gott, ist diese Frau souverän, wie sie Gas gibt und abhebt. Wir sitzen nebeneinander. Hinter uns sind noch zwei weitere Sitze. Aber die sind leer. Rundflug über Düsseldorf. Das Wetter ist gut. Vor uns und über uns nur ein paar Cumuluswolken. „Die müssen wir umfliegen oder darüber steigen", sagt sie. „Cumulus ist gefährlich. Kleine Maschinen können da ins Trudeln geraten. Ich kenne das."

Wir steigen also über die Cumuluswolken. Sie liegen unter uns. Über uns der strahlend blaue Himmel.

„Ich schalte jetzt den Autopilot ein", sagt sie. „Ich möchte dich lieben, deine Haut spüren. Da ist eine Wolkenmatratze unter uns."

„Uffa!" sage ich. „Du schaffst mich."

Die besten Erlebnisse müssen nicht lange dauern. Oh, Kathia, denke ich einmal! Was versäumst du?

Marly landet die Maschine wieder sicher. Dabei besteht die Hauptarbeit mit den Fußpedalen. Mit ihrem Mercedes Kompressor rauschen wir nach Koblenz. Diese Indianerin verwirrt mich. Das ist Tempo, Zärtlichkeit, Weiblichkeit. Und irgendwie noch viel mehr.

„Ich möchte nicht mehr alleine sein", sagt sie.

„Ich auch nicht."

Dann tanzen wir auf meinem Balkon. ,Beautiful Madness' ist der Song. Karibische Regghaeklänge.

"Ach, Marly", sage ich. "Es ist einfach schön mit dir."

Ach ja, Herr Dr. Mondmann, ich liebe diese Frau. Ihre Lebendigkeit, ihre Zugewandtheit. Sie lässt mich so, wie ich bin. Ich liebe ihren Weg. Von einer Amazonas-Indianerin zur Pilotin bei TAP. Und dann kommt sie mit ihrer Cessna zu mir. Aber wissen Sie, was das Absurde ist? Ich spüre zugleich Trauer um Kathia. So ein Gefühl habe ich. Aber was soll ich machen? Die Weichen sind gestellt. Marly werde ich niemals aufgeben.

So, hiermit schicke ich meinen ersten Bericht an Sie. Ich bin gespannt, was Sie antworten werden.

Ihr Josef Schrödinger, zärtlich genannt von einer Brasilianerin ‚Jo'.

Brief Dr. Eugen Mondmanns an Josef Schrödinger

Meine Güte, was sind Sie für ein Glückspilz! Da fliegt in Ihrem, verzeihen Sie den Ausdruck, Scheißdilemma eine Brasilianerin zu Ihnen. Genießen Sie es doch! Halten Sie es! Unbedingt. Wer solch eine Route fliegt, liebt sie. Was wollen Sie mehr? Quälen Sie sich nicht mit Zweifeln. Mag ja sein, dass Sie noch an Kathia hängen. Von Ihrer Anja habe ich übrigens nichts mehr vernommen. Die erwähnen Sie ja gar nicht mehr. Merken Sie denn nicht, dass Ihnen das Schicksal eine wunderbare Frau zugeführt hat? Was quälen Sie sich mit Anhänglichkeiten herum? Also lassen Sie das! One man, one women! Wenn Ihre Kathia ein Tinyhouse haben will, soll sie es haben. Das ist nicht Ihre Sache. Mein lieber Freund, Sie sind auf einem wunderbaren Weg. Ich beneide Sie darum. Bleiben Sie dabei. Werden Sie um Himmels Willen nicht rückfällig. Lieben Sie Ihre brasilianische Indianerin! Alle Achtung! Viersprachig und Pilotin bei TAP. Was wollen Sie mehr? Mehr geht nicht. Ich würde mir das auch wünschen, dass eine Frau so für mich fliegt. Das ist absolut stark. Ich greife hier nicht mehr als Ihr Psychiater ein. Halten, halten, halten! Sie haben beide die Erfahrung gemacht, wie öde es ist, alleine in die eigene Wohnung zurückzukehren. Diese Erfahrung verbindet. Ich mache die Prognose, dass Sie mit ihr irgendwie zusammen ziehen werden. Entweder hier oder in Porto Alegre. Oder beides. Wie ich Ihrem Bericht entnehme, können Sie gar nicht mehr anders. Jeder Tag ohne den anderen ist verloren, quält mit Sehnsucht. Mein lieber Freund, Sie machen das. Ich bin nicht mehr Ihr Psychiater.

Ihr Dr. Eugen Mondmann

8

Liebes Mondmännchen! Oh Gott, oh Gott! Ich habe mir eine Flasche Portwein aufgemacht. In diesen Wirbeln. So darf ich Sie doch gar nicht anreden. Aber ich mach es in meinem Übermut trotzdem. Also, noch einmal von vorne. Lieber Herr Dr. Mondmann, oh, mein Gott, ist das schön, verliebt zu sein. Ich bin Marly herzinniglich zugetan. Ich gehe mit ihr auf Ferienreise. Eigentlich war diese Reise Kathia zugesprochen. Die letzte war aber eine Katastrophe. Mecklenburgische Seenplatte. Ich gehe dort draußen an den Jungs vorbei, die sich fröhlich unterhaltend ihr Bier vor einem Imbiss trinken. Und ich kann nicht, darf nicht. Oh, was hab' ich die beneidet! Das passiert mir nie wieder. Irgendwie wurde ich mit Kathia depressiv, obwohl ich sie liebte. Da müssten Sie als Psychiater etwas zu sagen können. Ich war verzweifelt über sie. Und jetzt liebe ich Marly und tanze mit ihr, fühle mich verstanden, geborgen. Und wissen Sie was? Ich fühle mich gestärkt. Verzeihen Sie den Portwein! Das ist in diesem Taifun etwas Vorübergehendes. Mein Planet ist der Jupiter. Das

Apollinische kontrolliert bei mir das Dionysische. Aber es lässt dem Dionysischen seinen Raum. So hätte Kathia handeln müssen.

Wissen Sie was? Ich bin in meinem Zustand einfach glücklich. Ich habe eine wunderbare Frau an der Seite und dabei bleibe ich auch ohne Wenn und Aber. Insofern hat das Schicksal für mich entschieden. Ich habe gar nichts gemacht. Oh ja, Marly war die Katze im Hintergrund. Sie hat mir von ihrem Flug erzählt. Great! Großartig. Ja, wenn Sie mich einen Glückspilz nennen. Ja, das bin ich. Marly und ich haben die gleichen Gefühle, die gleiche Lebensart. Wir wollen auch nicht alleine sein. Das verbindet uns. Und noch viel mehr. Ich liebe es einfach, mit dieser Brasilianerin durch irgendwelche Straßen zu gehen. Sie strahlt eine Wärme aus, die mich einfach umhaut. Und dann tanzen wir in den Hotelzimmern Samba. Oder sonst irgendwas. Und wenn wir zusammen Hand in Hand gehen, drehen sich die Leute um, schauen. Was ist das? Ja, das ist die Ausstrahlung, wenn man sich liebt, versteht. Mein Gott, in diesem Alter! Ich bin 63, Marly 55. Aber was soll es! Und trotzdem. Dieses Gefühl hätte ich auch mit Kathia erleben müssen. Aber es ging nicht. Sie hätte mich nehmen müssen, wie ich bin. Sie ist an ihrer Rigitität gescheitert. Ein bisschen mehr Humor, ein bisschen mehr Verständnis. Alles wäre gut gewesen. Aber jetzt hat sich das eben umgekehrt. Marly ist die Frau, mit der ich tanze. Titanic? Oh, no! Samba!

Oh ja, Kathia hätte das alles haben können. Einen Mann, der sie liebt und den sie so lässt, wie er ist. Aber was sollen diese Gedankenspiele? Die Indianerin ist da und sie ist an meiner Seite.

Oh ja, diese Reise nach Holland. Nach Zeeland, Walcheren, Middelburg, Vlissingen. Wir sind erstaunt, wie alles so überlaufen ist im September. Keine Unterkunft. Aber Marly ist absolut gut mit ihren technischen Möglichkeiten. Per Smartphone und Navigator findet sie das letzte freie Zimmer. In Vlissingen sitzen wir draußen auf dem Balkon, schauen über die Dächer der Hafenstadt, trinken Wein, erzählen und lachen. Oh, wie tut das gut!

„Wie war das mit dem Flug über den Atlantik?" frage ich. „Die Strecke Neufundland nach Grönland."

„Oh, my Dear!" sagt sie. „Du fliegst nur über Wasser. Und da unten, weiß Gott, was da wartet."

„Es ist gut gegangen", sage ich.

„Ja, ja. Aber manchmal fragt man sich: warum?"

„Weil ich dich liebe. Ich habe unsere Tage in Lissabon nie vergessen können."

Und dann sage ich diesen unsinnigen Spruch. „Wir sind von den Sternen beschützt."

Marly lacht. „Ja, du hast recht."

Sie schaltet einen Musiksender auf ihrem Handy ein. Wir tanzen Samba. Oh mein Gott, lieber Herr Dr. Mondmann, was ist das für ein Gefühl, wenn man mit einer geliebten Frau auf einem Vlissinger Balkon tanzt! Schändlich schön.

Ach ja, Herr Dr. Mondmann. Die ganze Reise war traumhaft. Kathia verblasste. Wovor sollte ich mich fürchten? Was für ein Unsinn! Ich fürchte mich vor gar nichts. Comandante Marly da Costa ist an meiner Seite. Ich liebe sie. Und für sie entwickle ich die mir eigene Stärke. Was ist das? Das ist Loyalität, Liebe, Zugehörigkeit. Ja, ich liebe diese Amazonas-Indianerin, die für TAP geflogen ist und dann mit ihrer eigenen

Cessna zu mir gefunden hat. Dagegen verblasst die Vergangenheit.

Auweia, lieber Doc, ist Liebe verworren! Aber sie ist das Großartigste, was ich in meinem irdischen Leben kennengelernt habe. Ich habe ja keine Ahnung von nichts. Aber ich fühle mich bei Marly wunderbar aufgehoben. Sie ist ab jetzt die Comandante. Ich folge ihrem weiblichen Instinkt. Bedingungslos? Oh, no! Ich rede mit. Das ist klassisches Teamwork. Mit ihr kann ich das.

Wundern Sie sich bitte nicht. Mit Marly ist endlich das möglich, wovon ich immer geträumt habe. Diese lächelnde, liebevolle Harmonie zwischen Mann und Frau. Sie endlich ist die starke Frau, die meine Schwächen versteht. Und ich gebe ihr alles zurück, indem ich sie liebe. Oh, ich liebe diese Frau, die mit einer Cessna über den Atlantik fliegen.

Ach ja, Doktor, was soll ich mit all der Theorie! Ich pfeife auf die Philosophie, auf anthroposophische Gedankengänge. In Marlys Arm erlebe ich die Welt. Die Welt ist sinnlich und von einer besonderen Schönheit. Das lasse ich mir nicht ausreden. Marly ist final.

Habe ich geschrieben ‚final'? Ja, das habe ich. Und so meine ich das auch. Sie ist final. Keine andere Frau mehr. Keine Versuchung. Diese Eine möchte ich lieben.

9

Ach, Herr Dr. Mondmann, Sie können sich kaum vorstellen, wie schön das ist, mit einer brasilianischen Indianerin auf Reise zu sein. Ich liebe diese Frau, die über Grönland und Island zu mir geflogen ist. Das ist eine Tat. Das ist Liebe. Marly ist einfach zauberhaft. Manchmal frage ich mich: „Träumst Du?" Nein, genau das nicht. Sie ist eine wunderbare Realität. Ich fühle mich so gut wie lange nicht mehr. Ich kann sein, wie ich bin. Alles andere fällt von mir ab. Ich liebe diese Indianerin. Sie ist eine besondere Klasse. Sie hat erkannt, der Jo ist, wie er ist. Ich zahle ihr das mit Liebe zurück. Wir haben sehr viele Gespräche, Lachen und Liebe. Sie erzählt mir über ihre Flüge über den Amazonas, den Orinoko, die Karibik. Ich sage ihr: Wir ehren deinen Mann. Wir zünden zehn Kerzen in einer Kirche an. Jetzt bist du bei mir. Marly versteht das. Mir ist es recht, wenn sich das Schicksal so dreht. Ja, es hat sich gedreht. Ich bin nicht mehr der doofe Stromableser. Comandante Marly da Costa. Wunderbar. Das ist das Ergebnis von Lissabon. Wissen Sie Herr Dr. Mondmann, manchmal frage ich mich: Oh, Jo, warum passiert dir das? Ja, sage ich. Ich liebe einfach diese so andersartigen Geschöpfe, die man Frau nennt. Ich liebe sie und sie spüren das. Ja, so ist es. Ich liebe die Weiblichkeit. Nun sagen Sie einmal als Psychiater etwas. Das können Sie nicht. Ein Therapiefall bin ich sowieso nicht. Das sind eher Sie. Aber ich therapiere Sie nicht. Wozu? Machen Sie doch, was Sie wollen. Leben Sie mit ihrer Hildegard weiter in Langeweile. Oh, sorry, Herr Dr. Mondmann! Aber mit einer Indianerin an der Seite ist man etwas verrückt.

10

Ach, Herr Dr. Mondmann, Sie werden sich fragen, wie geht das mit dem Jo weiter. Ganz einfach. Ich liebe Marly. Sie liebt mich. Wir ziehen zusammen. So wie Sie es vorausgesagt haben. Den deutschen

Winter in Brasilien. Im Sommer wahrscheinlich in Deutschland. Ich habe endlich das Gefühl der Zugehörigkeit. Sie hat es auch. So einfach ist das letztlich. Ich möchte keine Minute mehr mit diesem Weib vermissen. Sie mit mir auch nicht. Very easy! Okay, dann kommt der Alltag. Aber er ist voller Wärme. So ist meine brasilianische Indianerin. Und so bin ich auch. Jede Minute ohne sie ist verloren. Diese Gefühle habe ich vorher nicht gekannt. Jetzt kenne ich sie. Das ist eine andere Dimension. Es ist einfach schön, mit einer Frau für immer zusammen zu sein. Oh ja, das Leben im Alltag erfordert Achtsamkeit. Aber genau das habe ich gelernt. Ich kann das und ich schaffe das.

Ach ja, wissen Sie, was mir gerade einfällt? Als ich damals Kathia kennenlernte, hat Anja überall herumerzählt, ich hätte einen Knall, hätte mir eine Geliebte erfunden. Bis sie dann meinen Anrufbeantworter abhörte und Kathia an ihrem Arbeitsplatz getroffen hat. Da war es real. Genauso wird das auch mit meiner Indianerin sein. Abzuhören gibt es aber nichts mehr. Nur irgendwann und unvermeidbar die Begegnung, die der Zufall herbeiführen wird. Anja tut mit ihren Geschichten, die sie von sich gibt, so, als müsse sie auf einen Gefährdeten aufpassen und dann einspringen, bevor er untergeht. Was für ein Blödsinn!

Kathia dagegen hat gesehen. Als ich mit Marly auf meinem Balkon tanzte. Mir tut das leid. Sie hat es gesehen, als sie den Brief in meinen Postkasten geschoben hat. Ja, das tut mir leid, weil ich immer noch Gefühle für sie habe. Aber Marly muss sich keine Sorgen machen. Ich bin mit ihr unverbrüchlich verbunden. Es ist schön, wenn man in sich die innewohnende Treue und Loyalität entdeckt. Das ist meine Stärke.

Sie, lieber Herr Dr. Mondmann, haben mir dabei geholfen. Mit dem Brief des Franziskus, den Sie für mich abgeschrieben haben. Ich werde Marly nur noch mit Liebe und Respekt begegnen. Wie auch anders! Eine Frau, die mit ihrer Cessna von Porto Alegre über Miami, New York, Neufundland, Grönland, Island, Schottland zu mir fliegt. Da streckt man die Waffen. Das ist einfach großartig.

Kathia will mit mir nur noch von Angesicht zu Angesicht sprechen. Ich weiß nicht, ob das geht. Sie müsste die Sprache der Liebe und des Verständnisses finden.

Das ist ihre Aufgabe. Zur Zeit scheint sie mir eher beleidigt und verletzt zu sein. Ihre Behauptung, sie kenne keine Eifersucht, ist völliger Unsinn gewesen. Ich habe, als sie mir den Brief in den Kasten geschoben hat, eine Kathia gesehen, die um Jahre gealtert war. In meinen Armen war sie jung und schön. Warum musste dieses Weib so etwas verspielen?

Ach, lieber Doc, was kümmert es mich! Der Konflikt Kathia und/oder Anja ist vorbei. Ich mache mir auch kein schlechtes Gewissen, wenn ich nun eine Urlaubsreise, die eigentlich mit Kathia geplant war, mit Marly gemacht habe. Uffa! Es ist eben ein herrliches Gefühl, mit ihr auf einem Vlissinger Balkon zu sitzen, in die Sterne zu sehen und auf das Meer. Dabei Sekt zu trinken und Samba zu tanzen.

Wissen Sie, welche Erfahrung ich zur Zeit mache? Man kann in der Liebe schweben, fliegen, wie ein Vogel am Morgen singen. Warum, um Himmels Willen, musste ich so lange warten, bis mir das eine Indianerin beibringt!

Sie sehen also, lieber Herr Dr. Mondmann, dass ich keinen Psychiater brauche. Bei meiner Brasilianerin bin ich bestens aufgehoben. Sie können uns beide gerne einmal zu einem Abendessen einladen. Dann kommen wir. Aber in Ihre Praxis? Niemals!

11

Kathia schickt mir per Mail intellektuelle Analysen. Sie will mir auf die Schliche kommen, wie sie sich ausdrückt. Was für ein Blödsinn! Ich versuche, ihr über den Schmerz hinwegzuhelfen und habe meine letzte Email unterschrieben mit ‚Dein Indianer‘. So etwas wird dann analysiert. Stimmt es oder stimmt es nicht? Warum nimmt sie es nicht einfach als ein Gefühl? Im Sinne der Induktion stimmt es. Ich lerne die weibliche Verbundenheit kennen. Gerade ist Marly gekommen und hat mir einen Zettel auf den Schreibtisch gelegt. „Der Mann ist der Spiegel der Frau, die er hat.“

Sie meint das so, dass sie sich um einen Mann, der ohne Frau an der Seite in die Verwahrlosung abzurutschen droht, kümmert. Diese Seite fehlt bei Kathia. Anja hat sie wenigstens zeitweise gehabt. Die Verhältnisse liegen jetzt so, dass ich dankbar bin für die weibliche Zuwendung und eine liebevolle apollinische Klarheit gewinne. In diesem Sinne bin ich tatsächlich ein Indianer und eine Schliche, wie Kathia sie vermutet, gibt es nicht. Natürlich gibt es auch den dionysischen Rausch mit Marly da Costa. Aber es ist in einer wunderbaren Balance dank ihrer Femininität. Allein dafür kann man eine Frau schon lieben. Kathia dagegen ist mir mit ihrem ,Fürchte Dich!' nicht geheuer. Ich werde eine Begegnung mit ihr eher vermeiden. Sonst wiederholt sich eine Mallorca-Episode, wie sie sich zwischen Chopin und George Sand abgespielt hat. Ihr Tipp, lieber Herr Dr. Mondmann, so etwas zu lesen, war sehr hilfreich. Die Pathologie unserer Zeit ist tatsächlich die fehlende Weiblichkeit. Ich habe Glück gehabt und bin noch einmal davongekommen. Ist das nicht irre, dass eine Amazonas-Indianerin mit ihrer Cessna zu mir fliegt? Ja, das ist irre. ,Beautiful Madness'! Aber so und genau so ist das alles gewesen. Mit Marly da Costa fühlt es sich an wie nie genug. Ich will nicht mehr wissen, wie es ohne sie mal war.

Kathia ist trotz allem eine wunderbare Frau. Aber ich werde von einem brasilianischen Tsunami überrollt. Das ist verwirrend und das ist schön. Wir grillen abends auf meinem Balkon Gambas, trinken Prosecco. Kerzen brennen und aus Marlys Smartphone kommt Reggaemusik. Zwischendurch bringe ich sie, wie sie es selber ausdrückt, zu einem, nein, nein, das schreibe ich nicht. Hatte ich bei meinem ersten Bericht, ‚Schrödingers Katze‘ geendet, dass ich nicht ganz hoffnungslos bin, so hat sich das nun bestätigt.

12

Lieber Doc Mondmann, Sie hatten mir einmal geschrieben, Sie hätten bemerkt, dass mich das Weibliche faszinieren würde. Oh, diese Konjunktive! Ja, Sie haben recht. Ich kenne auch den Grund dafür. Ich konnte mich nach meinem Physikstudium noch nicht in den allgemeinen Arbeitsprozess einfädeln. Ich hatte etwas gespart und bin erst einmal auf Weltreise gegangen. An einem Wintertag bei minus 12 Grad bin ich mit Singapore Airlines von Amsterdam nach Singapur geflogen. Uffa, war das schön, den Schub der Turbinen zu spüren! Die Maschine war noch im Steigen, da ging die Stewardess schon mit dem Cognacwägelchen durch die Reihen und man durfte sich da schon eine Zigarette anzünden. Wie haben sich die Zeiten zu einer Sicherheits- und Gesundheitsdiktatur hin gewandelt! Nun ja. Nach der Landung in Singapur bin ich in der Bencoolen Street in einem einfachen Chinesenhotel untergekommen. Der Wechsel war von minus zwölf nach plus fünfunddreißig. Am Abend bin ich in die Diskothek Rasa Sayang gegangen. Oh, mein Gott, was für Frauen! Charmant, liebevoll, schön, zärtlich. Aber, aber.

„Was nehmt ihr denn, wenn ihr mitkommt in mein Hotel?" habe ich gefragt.

„Hundert Dollar."

„Ach ja. Wo kommt ihr denn her?"

„Von Phuket, Thailand."

„Schön. Dann fliege ich Morgen dorthin."

So war es dann auch. Ich bin nach Phuket geflogen, habe erst einmal ein paar Tage in einer Bambushütte am Meer verbracht. Dann habe ich mir ein kleines Motorrad geliehen, bin herumgefahren. Auf einem Tempelfest, Wat Chalong war das, habe ich eine schöne, charmante, quicklebendige Thailänderin kennengelernt. Sie hat einige Nächte in meinem Bungalow verbracht. Und später, ja einige Jahre später dann, bin ich mit einer großen Maschine durch Südostasien gefahren. Glauben Sie mir, ich habe wunderbare Frauen kennengelernt. Und die allergrößte war die Marihuana rauchende Chantrapa. Ein Weib, das auf den Pariser Laufstegen hätte brillieren können. Von da an steckt mir die Faszination für das Weibliche in den Knochen, nein, in der Seele. Aber Chantrapa war nur die Vorläuferin von Marly da Costa. Entschuldigen Sie die vielen Wiederholungen, wenn ich von meiner Amazonas-Indianerin spreche. Aber ich schreibe alles so, wie es mir einfällt. Ja, es ist so. Diese Andersartigkeit des Weiblichen fasziniert mich. Ich liebe sie. Und diese Verehrung spüren sie. Deshalb müssen Sie sich nicht wundern, wenn ein blöder Physiker so viel Glück hat. Die Marienverehrung, die Sie mir empfohlen hatten, ist schön. Aber sie genügt mir nicht. Ich brauche die Wärme der weiblichen Haut. Ich bin eben der Junge, der nachts seinen Teddybär haben muss. Alles andere ist mir zu wenig. Es ist einfach schön, wenn ich nachts um fünf

Uhr aufstehen kann, sehe die Venus mitten am Himmel stehen, kann Kaffee trinken oder auch Portwein, rauchen, und dann gehe ich zurück zu einem Weib unter die Bettdecke und liebe sie. Das war bei Kathia nicht möglich.

Marly ist übrigens jetzt für ein paar Tage weg. Sie ist zu einer Freundin gefahren. Aber sie hat in meiner Wohnung überall ihre Sachen verstreut. Tennisschuhe, einen Föhn, Handtücher, Strümpfe, ein langes brasilianisches Kleid. Ich gehe in meiner Wohnung herum, sehe mir das an und empfinde Wärme.

In zwei Tagen kommt sie zurück. The time between, die Zeit dazwischen, sind die zwei Tage, an denen ich meinen Bericht an Sie schreibe. Gegenüber Kathia empfinde ich Dankbarkeit. Gewiss auch mit Gefühlen. Sie war eine großartige Lehrmeisterin für einen Physiker, der bis zu der Begegnung mit ihr nur an die angebliche Wissenschaft geglaubt hatte. Jetzt glaube ich dagegen an die Schönheit des Weiblichen, an diese paradiesische Harmonie, die mit Anbeginn der Schöpfung gestiftet wurde.

Bin ich deswegen ein verlorener Sohn? Jemand, der auf der Titanic tanzt? Nein.

Ich liebe einfach nur mein Weib. Und das ist eine Indianerin vom Amazonas. Das ist Samba Brasiliana.

13

Ach ja, Doc, wenn es um das Spirituelle geht. Da hatte ich auch meine Erlebnisse. Nicht nur mit Kathia. Ab und zu bin ich nach Bad Breisig gefahren. Zum Hotel ‚Vier Jahreszeiten‘, wo es die Bierstube ‚Alt Breisig‘ gibt. Da habe ich eine wunderbare, mich beratende Freundin, mit der ich mich frank und frei unterhalten kann. Es ist ein Verhältnis, das gesprächsweise die intimste Offenheit zulässt. Sie ist eine Russin, heißt Natascha, ein paar Jahre älter als ich, sehr liebenswert. Sie weiß viel von Astrologie, von der Zukunft, die in den Sternen steht. Sie hat mir einmal an der Theke Tarotkarten gelegt.

„Deine Liebe kommt über das große Meer", hat sie gesagt. „Sie ist dein Zwilling."

Ich habe gelacht. „Wie das denn?"

„Du wirst sehen."

Ich habe das für einen totalen Blödsinn gehalten. Und jetzt? Ja, es stimmt.

Sehen Sie, Doc, von daher bin ich auch verblüfft über das Spirituelle. Und da fällt mir auch eine andere Geschichte ein. Ich habe mich einmal weinend in Kathias Armen verborgen. Das war am Laacher See. Ein paar Wochen, bevor Marly anrief. Das war so, als hätte ich Marlys Anruf schon geahnt, gespürt, dass sie an mich dachte. Die Katze war untergründig präsent. Kathia hat vielleicht gemeint: „Der Mann ist therapiebedürftig!"

Aber was wäre die Therapie gewesen? Das wäre gewesen: Komm mit mir! Schlafe mit mir! Aber was macht sie? Sie rauscht ab in ihre Wohnung und ich in meine. Das ist ein Bruch gewesen. Einer von vielen. Wie die schlaflosen Nächte bei ihr. Ich habe einfach, verzeihen Sie diesen Ausdruck, keinen Bock mehr auf so ein Verhalten. Das ist der Versuch einer Machtdemonstration, der ich mich nicht unterwerfe. Ich liebe das weibliche Verhalten nur noch, wenn es echt ist. Bei Kathia ist es intellektuell überlagert. Das funktioniert bei mir nicht.

Dieses Verhältnis mit Natascha ist eine, so will ich es ausdrücken, tröstende Wohltat. Sie ist eine Freundin, ohne dass der Sex dazwischenfunkt. Da kann man mit einer Frau reden. Das habe ich als sehr schön empfunden. Es bereichert auch das Wissen über die weibliche Seele. Das ist vielleicht etwas, das Sie als beruflicher Psychiater so nicht kennen. Sie kennen nur die Verzweiflung, aber nicht die innewohnende Schönheit. Ich bin nicht an der Verzweiflung interessiert. Oder doch? Aber ja. Um die sich dahinter verbergende Liebe zu entdecken.

Ach, Doc, was schreibe ich!? Eine Freundin, ohne dass der Sex dazwischenfunkt. Mit Marly funkt er nicht dazwischen, gehört einfach dazu. Wir reden, lachen, tanzen. Wir tanzen Samba. Und manchmal, Arm in Arm, romantic. Und dann landen wir wo? Sie können es sich denken.

Wenn Sie noch einmal etwas von mir hören wollen, dann ist es von Brasilien aus. Von Porto Alegre. Wir fliegen mit ihrer Cessna gemeinsam. Ich will dort am Rio Guaíba nur noch tanzen, lachen, lieben. Mit brasilianischen Freunden, denen meine Seele viel näher ist als der umwölkten deutschen.

Werden Sie weiter von mir hören? Aber ja doch!

14

Ach Doc, ich denke über das Thema nach. Schreibt der Jo über sich? Ja, auch. Aber es ist viel mehr. Es ist die Entdeckung der Weiblichkeit. Was heißt das? Es ist die Eroberung der Zärtlichkeit, der Hingabe, der Liebe. Es ist ein absolutes Contra gegen den Materialismus unserer Zeit und den Gesundheits- und Sicherheitswahn. Ich schüttel den Kopf über die in ihrem Gehorsam Masken tragenden Deutschen. Wir werden mit Zahlen und ausgesucht schlimmen Bildern in eine kollektive Angststörung getrieben. Unsere Zeit veruntreut den Himmel. Glauben Sie bitte nicht, dass Sie es mit einem blöden Physiker zu tun haben. Ich habe in der letzten Zeit viel gelesen. Auch den Thomas von Aquin mit seiner ‚Summa Theologica'. Was ist das für ein neuzeitlicher Blödsinn, an den Urknall zu glauben! So war das alles nicht. Die Welt ist aus der Liebe geboren. Jetzt öffne ich auch den Brief, den Kathia mir geschrieben hat. Oh ja, Doc, er ist voller Liebe und Verständnis. Sie ist eine wunderbare Frau. Aber Marly eben auch. Sie ist näher bei mir und viel näher meiner Seele. Ich bin eben der kleine Junge, der Nacht für Nacht eine Frau in seinen Armen braucht. Kathia kann das nicht. Die Brasilianerin macht es. Ich ergebe mich der ‚beautiful madness', die ich als Elexier brauche. Die Comandante Marly da Costa hat die Weiblichkeit, die ich immer gesucht habe.

Anja ist in ihrem Verhalten komisch. Sie verschenkt die Geschenke, die ich ihr gemacht habe. So gibt sie zum Beispiel eine Kalimba, ein karibisches Musikinstrument, einem Tennisfreund von mir. Er hat es mir kopfschüttelnd zurückgegeben. Sie erzählt Geschichten über mich, die nicht unbedingt nett sind. Aber mir ist das egal. Ich erzähle nichts über sie, halte mich aus einem solchen Spiel heraus. Kathia dagegen, scheint mir, ist nobler. Was Anja macht, würde sie nicht tun. Ja, ich habe immer noch Gefühle für sie und achte sie. Aber auch sie ist in ihrer Verletzung gefährdet, schreibt mir, ich hätte ein ‚Betthäschen' und würde eine ‚Mami' suchen. Was für ein Unsinn! Das erniedrigt Marly als Frau und beleidigt mich als Trottel. Aber was soll es? Morgen kommt die Brasilianerin. Dann gibt es wieder Samba, Samba, Samba. Wissen Sie, was das heißt, auf sie zu warten? Nein, Sie wissen es nicht. Das ist Sehnsucht und die Zeit einfach verstreichen lassen. Und dann ist sie endlich da. Ich freue mich auf dieses Weib.

Oh ja, Doc. Ich tanze bei Eros Ramazotti. ‚Una terra promessa'. Ein paar Stunden noch, dann ist meine Pilotin bei mir. Oh, ich liebe sie, Uffa!

Danke, lieber Gott, dass ich ihr Passagier sein darf. Das ist die Schönheit, die ich immer vermisst habe. Jetzt ist sie da.

15

Wissen Sie, Doc, ich denke oft darüber nach: Ist das Schicksal, Fügung oder blinder Zufall? Bei Schicksal wäre es gelenkt von der eigenen Einstellung oder auch von einer unbewussten Instanz in mir. Bei einer Fügung hätte eine andere Welt in Verbindung mit uns ihre Finger im Spiel. Das Schicksal wäre psychologisch erklärbar, die Fügung aber nur spirituell. Der blinde Zufall scheidet in meinen Überlegungen völlig aus. Das sagt mir mein Gefühl. Was die spirituelle Möglichkeit betrifft, will ich sie nicht ausschließen. Darin war Kathia eine großartige Lehrmeisterin, der ich dankbar bin. Und mit Anja gab es viele schöne Erlebnisse, für die ich auch dankbar bin.

Aber jetzt ist Marly da Costa meine Zukunft. Ich freue mich auf den Flug über den Atlantik.

Veröffentlichung von Romanen und Erzählungen. Publikationen zum Jakobsweg und auch anderen Pilgerwegen u.a. ‚Via Hildegardis'. 1996 Förderpreis zum Literaturpreis Ruhrgebiet. 2000 erschien im Leipziger Militzke-Verlag mit ‚Pandoras Schatten' der erste Roman.

Website: www.ruediger-schneider.net

,Frühlingssonate oder Die Liebe in Coronazeiten',
Novelle, 140 S., ISBN 9783735740588

Zoltan Dragovic schlägt sich als Klavierlehrer
durchs Leben. Aber trotz seines schmalen Budgets
besucht er regelmäßig Konzerte. Bei einem, es ist
Schumanns Klaviersonate in a-Moll, verliebt er sich
in die Starpianistin Taryn O`Brian. Er komponiert
eine Sonate für sie. Aber wie kann er die Noten
überreichen? Er hat weder Adresse noch
Telefonnummer. Da kommt ihm die Corona-Krise
zu Hilfe. Bei einem Konzert, das sie im Koblenzer
Görreshaus gibt, spielt sie vor nur drei Zuhörern.
In der Pause treffen sie sich im Foyer. Es ist der
Anfang des Kennenlernens und der Anfang einer
Geschichte, in der trotz oder gerade wegen der
Kontaktsperre Musik, Liebe und Widerstand die
Regie übernehmen.

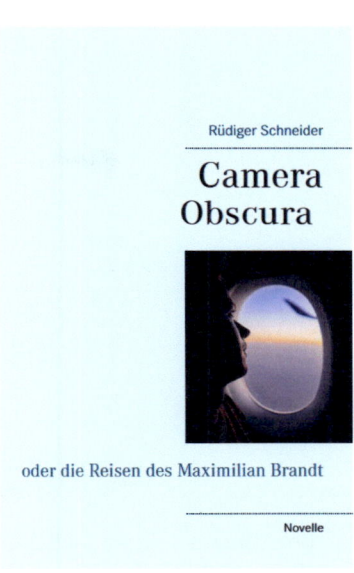

'Camera Obscura oder die Reisen des Maximilian Brandt' – Novelle, 96 S., ISBN 9783750486942

Maximilian Brandt reist um die Welt. Im Gepäck hat er kleine, schwarze Filmdosen, die er als Camera Obscura an ausgesuchten Plätzen unauffällig mit einem Kabelbinder anbringt. Zu Hause in der Dunkelkammer entwickelt er die Fotos, erlebt bei einem Bild eine große Überraschung.

Rüdiger Schneider

Schrödingers
Katze

Bekenntnis eines wilden Herzens

Novelle

Schrödingers Katze - Bekenntnis eines wilden
Herzens', Novelle, 128 S. ISBN 9783751990004.

Josef Schrödinger steckt in einem Dilemma. Er liebt
zwei gegensätzliche Frauen. So wie dereinst
Friedrich Schiller die Schwestern Charlotte und
Caroline von Lengefeld. Gibt es eine
Dreiecksbeziehung, eine 'ménage à trois'?

Erscheint 2021: ‚Amor Brasiliero – Reisetagebuch/Diário de viagem' (zweisprachig Deutsch/Portugiesisch)